CB013376

WANDINHA

EU SOU WANDINHA

ilustrações de Vivien Wu

Baseado nos personagens criados por Charles Addams

Esta edição foi publicada em acordo com a Random House Children's Books, uma divisão da Penguin Random House LLC

São Paulo
2024

Grupo Editorial
UNIVERSO DOS LIVROS

Olá, caro leitor,
Imagino que esteja lendo
este livro porque você é um
pouco como eu. Meu nome
é Wandinha Addams.

Não sou como as outras crianças.
(E qualquer um que mexer com
meu irmão mais novo descobre isso
da maneira mais difícil.)

Meu pai me chama de Nuvenzinha
Escura, que é bem adequado porque…

... minha mãe adora dias
sombrios e tempestuosos.
E meu pai adora minha mãe.
É nojento.

Nasci em uma sexta-feira treze, supostamente um dia de má sorte. Minha mãe escolheu o meu nome por causa do verso de um famoso poema:

Agora eles me enviaram
para a Escola Nunca Mais.

A Nunca Mais é um internato para homens-lobo, vampiros, górgonas, sereias e outros excluídos.

Sendo ou não uma excluída, sei do que eu *gosto* e do que *não* gosto. E *isso* incomoda algumas pessoas, por algum motivo.

Por exemplo, gosto do **Mãozinha**. Meus pais o enviaram para que ficasse de olho em mim no internato, mas o fiz jurar lealdade a mim. Agora meu amigo de cinco dedos me dá uma mãozinha em tudo que faço…

... seja tocando música ...

… seja solucionando mistérios.
E há *muitos* mistérios para
solucionar em Nunca Mais

Minha colega de quarto, a **Enid**, é diferente de mim. Ela gosta de muitas cores... e unicórnios.

O preto é a minha
cor e serve em quase
todas as situações.

A Enid também é uma mulher-lobo e adora abraçar todo mundo. Até gosto de lobos...

… mas não de abraços.

(*Pode me soltar agora.*)

Eu gosto de esgrima, a arte de lutar com floretes. É um jeito perigoso de se exercitar.

Hoje, a **Bianca** é minha oponente. Ela faz qualquer coisa para vencer, então gosto de ganhar dela sempre que posso. Mas tenho que admitir: ela é muito boa com um florete.

Já que estamos quase nos despedindo, caro leitor, vou admitir que gosto de uma última coisa: **dançar**... quando a música faz meu estilo.

As pessoas dizem que meu jeito de dançar é estranho, e isso pode até ser verdade — mas eu sou Wandinha Addams, e acredito que...

... você sempre deve ser
tão estranho quanto quiser.
Sem amor. Sem beijos.
E, definitivamente,
sem abraços,
Wandinha Addams

Diretor editorial
Luis Matos

Gerente editorial
Marcia Batista

Produção editorial
Letícia Nakamura
Raquel F. Abranches

Tradução
Felipe CF Vieira

Preparação
Aline Graça

Diagramação
Nadine Christine

Arte
Renato Klisman

Dados Internacionais de Catalogação na Publicação (CIP)
Angélica Ilacqua CRB-8/7057

E557
Eu sou Wandinha / ilustrações de Vivien Wu. -- São Paulo : Universo dos Livros, 2024.
24 p. : il., color.

ISBN 978-65-5609-708-4
Título original: *I am Wednesday*

1. Ficção infantojuvenil norte-americana 2. Wandinha – Personagem fictício I. Wu, Vivian

24-3256 CDD 028.5

Universo dos Livros Editora Ltda.
Avenida Ordem e Progresso, 157 — 8º andar — Conj. 803
CEP 01141-030 — Barra Funda — São Paulo/SP
Telefone: (11) 3392-3336
www.universodoslivros.com.br
e-mail: editor@universodoslivros.com.br